흐려져 다정한 순간들

정숙인 시집

정숙인 시집

흐려져 다정한 순간들

초판 1쇄 발행 2021년 8월 25일

지은이   정숙인
발행인   전미영
펴낸곳   (주)

출판등록   2021. 8. 3. (제2021-000025호)
주소   경기도 의정부시 평화로 483, 3층 3348호
전화   대표전화 031-541-7003
            팩시밀리 05044207742
            https://blog.naver.com/hello_annyeong
            hello_annyeong@naver.com
            값 10,000원

ISBN 979-11-975513-0-7 03810

흐려져 다정한 순간들

정숙인

안녕

목차

1부

09 / 올드 팝

10 / 입을 닫은 공휴일

12 / 둥근 메아리

14 / 그믐밤 나는

15 / 창신동 산동네

16 / 오전 5시

18 / 투표를 하던 날

20 / 눈썹이 웃는다

21 / 뉴스의 무게

22 / 뉘우치는 저녁

24 / 달걀

26 / 대보름

2부

29 / 백련사

30 / 둥근 상을 펴고 놀다

32 / 리스본 행

34 / 마크 로스코 하느님

35 / 먼 곳

36 / 만두

38 / 한 걸음 앞 깊은 곳

40 / 무늬들의 국경

42 / 물녘의 예의

43 / 물소리에 닿아

44 / 바이킹

45 / 밥이나 먹자 할 걸

3부

49 / 베이는 깊이

50 / 봄1

51 / 봄2

52 / 봄비 유령

54 / 사라지는 여름

55 / 생각나지 않는 요일

56 / 새털구름 사이

58 / 위로는 하지 마

60 / 숯

61 / 스크린 어디쯤

62 / 쑥국

63 / 애벌레 잡으러 가자

4부

67 / 행성으로 가는 쿠션 커버

68 / 여름 묘지

70 / 오늘 아무도 만나지 않았다

71 / 읍내는 캄캄하다

72 / 오월

73 / 종로 3가

74 / 우체통 그늘

76 / 월식 산책

78 / 종이배

79 / 주왕산

80 / 지금

81 / 찔레 향 건너

5부

85 / 철쭉들 웃음소리

86 / 첫눈

87 / 크리스마스식탁

88 / 토마토 일기

89 / 폭우

90 / 넌 누구?

92 / 한 잎의 밤

93 / 혼자 노는 금요일

94 / 여름천변

95 / 박동

96 / 발칸반도 곰팡이

98 / 블라인드 틈새 사이

100 / 11월

102 / 팬데믹

104 / 죽은 이가 선물 같다

106 / 해설: 일상을 견뎌내는 언어의 다정함

128 / 시인의 말

128 / 약력

1부

올드 팝

입을 닫은 공휴일

둥근 메아리

그믐밤 나는

창신동 산동네

오전 5시

투표를 하던 날

눈썹이 웃는다

뉴스의 무게

뉘우치는 저녁

달걀

대보름

올드 팝

검정 슈트를 입은 소년들
엘피판을 들고 카펫 계단을 뛰어오르네
반복되는 빗살무늬
다시 반짝이네

계단이 삐걱거리며 그림자를 다듬는 순간
눈송이는 어디로 소년들을 데려갈까

튜닝을 마친 손끝에서
검정슈트를 입은 소년들

후루룩 떨어지네

입을 닫은 공휴일

잎사귀들은
모르는 곳에서 온다

천천히 다가와
어깨 너머까지
가득해 진다

움찔하는 참새 꼬리가
가벼운 곳을 슬쩍 열었다 닫는다
정오 높은 곳에서 길게 휘어지는 언덕

거기 어디
원피스를 입은 나는
구름을 향해 뛰어오른다

발이 닿지 않는
텅 빈 공휴일

보이지 않는 곳이
다 깊다

가지들 몰래
아파트 모서리가 한발
더 멀어졌다

둥근 메아리
— *달호수, 움직이지 않는 시간

달은 둥근 고백을
허락하지 않는다

총성이 미끄러진다
물이 허락하는 두근거림
사라진 엄지발가락들
가까운 곳에서
악기들이 운다

물을 밟기도 전에 반사되는 인도

날 선 지느러미가 여는 물길
보트 하우스에서 손을 흔드는
푸른 군복들

만년설이 곁에 와 소처럼 눕는다
시카라**를 세운다

무릎 꿇는 물

허공의 뼈가 된 둥근 메아리
물속으로 사라진 물 지느러미들

아잔 소리 지나간다
다 지나간 뒤
홀로 등 뒤에 남는 인도

\

*달호수 – 인도 북서부 잠무캬슈미르주의 주도인
  스리나가르 북동쪽에 있는 길이 약 8km 폭5km의 호수
**시카라 – 호수를 오가는 초승달 모양의 보트

그믐밤 나는 - 상이군인들

그곳은 오고 가는 자가 만나

푸른 가지 대신 말없이 눈빛을 걸어 두는 곳

팽나무 머리칼이 덥석 손을 잡는 곳

뿌리 밑으로 서로를 통과한 귀신들

숨을 곳 없는 그림자들이

아무도 몰래 돌아와

웃는 듯 울고 있는 곳

창신동 산동네

라디오 선율을 접었다 펼치며
배달 오토바이 사라진다

원단에서 떨어진 실밥들이
바퀴를 따라 가다 멈춘다

밖에 내연기관을 단 가지들이
입을 세운다

동글동글 담배연기들이
읽다 덮어 둔
어깨 치수를 가꾸느라
이파리들 가볍다

부릉 쏘아 올린 언덕 미끄러질 때
드르륵 벚꽃 날린다

부서지는 짧은 웃음
배고프다

오전 5시
풀들이 버터처럼 손가락 사이를 흘러내린다
소들이 첨벙거리며
경전 속에서 걸어 나와
먼저 베트와강으로 내려간다

물통과 보퉁이를 들고
바랑과 악기를 얹고
이쪽에서 와 저쪽으로 가는 아침

입구가 없는 출구인
둥근 나마스떼
모래가 모였다 흩어지는 언덕
흘러간다

손톱이 길게 휜 모래들이
물을 닦는 남자와 여자들 사이에서
수염이 긴 물과

깔깔거린다
더 가까이 더 가까이
서로를 끌어당기는 물과 모래

그래 네 숨소리야

남자가 여자 속으로
물이 물속으로 들어간다

입이 없는 고대의 성벽
독수리 날개 치는 소리 듣는다

* 오르차 – 타지마할이 있는 아그라와 카주라호 사이에 있는 한적한 시골 마을
** 베트와 강 – 인도 북동쪽으로 흘러 오르차 마을 앞을 지난다. 강폭이 좁고
   얕아 배가 다닐 수 없다.

투표를 하던 날

믿지 않아도 다가간다
자선냄비는 습관이다
피하기 어렵다

잔인할 때
가령 바늘로 내 귀를 파 내려갈 때
나는 내 손가락을 자르기 위해
투표를 한다

정치적인 것과는 상관없이
숯불 위에다 굽던 삼겹살
알루미늄 테이블에 둘러앉은
잘린 손가락들 배회하는 수표길

아직도 순결한 삼천리표 연탄
호텔 앞 달빛도사 맞춤양복점 30년 전통 떡볶이 집

여전히 무사한 간판들

남은 해가

망하지도 않고

더 가까이 다가오려 한다

눈썹이 웃는다

잘 부풀어 오르는 뻐꾸기 소리
나뭇잎들 아가미를 열었다 닫는다

박자를 잃은 가지들
밀고 당기며
다시 주소를 더듬거리는 숲

돌 귀퉁이 마다 재잘거리는 물소리
웃는 달은 눈썹이 없다

텐트 속으로 한 발
치마를 올리는 나는
숨이 가쁘다

뉴스의 무게

안개가 뉴스를 당겼다 놓는다
흐리고 갬
창틀이 휜다

폭설에 잊혀진 애인의 이름이
잴 수 없는 햇살의 무게를 놓고 간다

아직 식지 않은
영동선 기차는 정시에 출발해 강을 건넌다

모르는 햇살이 공원으로 들어선다
애완견 꼬리를 놓치고
어린잎 속으로 들어간다

대형산불 뉴스가
진달래를 물고 날아오르는 봄

흔들의자의 반동만큼 왔다가는
햇살은 어둡다

목젖이 많이 부었어
맥박이 좀 무거운데

떡잎을 따주자 깨어나는 뿌리들
황사가 덮인 그림자를 벗어 놓고
계단을 내려선다

잎끝이 아파오는
좌판대 위

떨이를 외치는 혹돔 위로 내려앉는
흰 눈발들

지팡이가 길어지더니
회칼에 소름 돋는다

이곳은
아직 춥다

내가 아직 너와 먼
저곳이어서

*달걀

- 휘트니미술관 전

열두 개의 달걀이 놓여 있다

탁자 다리를 접는다
달걀은 조금 둥근 호기심

안과 밖의 경계에 놓인
갸륵한 달걀들

끓는 물속에서 너는 아직 살아있다

꼭 제자리를 지켜라
밖으로 나갈 거야

구구구
달걀들 깨어지는 소리를 따라간다
뜰을 한 바퀴 돈 뒤
대문 밖을 갸웃거리며
발을 내민다

탁자 위, 열두 개의 달걀

스물네 개의 다리가 줄지어 서있다

*달걀 – 미국화가 윌리엄 베일리 작품

대보름
─다시 살기

급할 것 없다
홀로 자란 향기들이 나를 추월한다

산도 달도 팔짱을 풀고
멀찌감치 서로를 밀어낸다

가파른 벼랑에서 뛰어내리며
짱돌을 던진다

물이 울컥 치미는 곳

벌레 알들이 다 타 죽고
돌의 물컹한 이마가 깨진다

조용히 손을 내미는
결승선 앞

아직 돌아오지 않는 것들을 향해
달이 벌컥 등을 떠민다

2부

백련사

둥근 상을 펴고 놀다

리스본 행

마크 로스코 하느님

먼 곳

만두

한 걸음 앞 깊은 곳

무늬들의 국경

물녘의 예의

물소리에 닿아

바이킹

밥이나 먹자 할 걸

백련사

― 귀를 닫는 뜰

엉덩이가 움찔한다
관절이 뚜둑 끊어진다

시주함에 지폐 한 장 넣자
매달린 물고기가 묻는다
영수증이 필요해?

귀를 닫는 뜰
동백, 머리가 통째로 구른다
움켜 쥔 두 손을 비웃기라도 하듯

댓잎 소리 밑에
상하지도 않은 동백들
딱따구리 부리 조용할수록
더 징그럽다

에라, 다신초당(多山草堂)
바람 밑
살랑살랑 끓는 찻물아

둥근 상을 펴고 놀다

화덕에 장작 넣고
쥐똥나무 그늘 밑에 둥근 상을 편다

푸른 잎을 담은 그릇들
네 살 닿는 게 좋아

지붕을 활짝 펴고
앵두꽃 왼쪽 뺨에
강아지풀 눈썹을 옮겨 심는다

아지랑이에
살은 한 번 더 익어 가고

이리 와요
양은쟁반 베고
애완견처럼 누워 봐요

꼿꼿하게 선 벼 포기

새끼 치는 개구리밥
들리나요

우리가 모르는 절벽으로
낮게 여울지는 웃음소리들
돌나물 귓밥만 한 꽃이
흔들흔들 그늘을 끌고
담장을 넘어 간다

리
스
본
행

불빛이 들썩이는 선로를 끌어당긴다

끌리는 트렁크마다

긴장한 깃발이 펄럭인다

모르지만 눈인사를 건넨다

흑인 여자는 긴 부츠를 벗고

금발 남녀는 끌어안고

입술을 꾹 붙이고 잔다

텍스트와 일치되는 창밖의 표정들

늪을 오른다

나무들이 달려와 푹 빠진 무릎을 들여다본다

태양의 긴 그림자를

모래알 속으로 몰아넣는 유령들

별들의 국경을 딛고 건너뛰는 곳

서로 다를 게 없다

앞니를 열고 웃으며

아침을 먹으러 간다

모르는 창밖

구름을 가꾸는 올리브 열매들

읽히지 않는 또렷한 문자들이 빠르게 달려간다
아, 흐려져 다정한 순간들
내 몸 곳곳을 통과한
기차가 다시 리스본을 향해 떠난다

마크 로스코 하느님

기다리는 날이 많아져요

숫자에 갇힌 술을 생각해 두었어요

이건 아마 사각형 속에서 숙성 된

둥근 색일지도 모르지만

원하는 것은 아닐 거예요

감춰지지 않는 거리

소리들이 떠난 광장

속 털이 돋아나요

정말 큰소리로 비가 와요

벽을 헐어 내느라

놓아버린 혀끝

눈물을 풀어 놓는

단순한 사각 테이블

당신 입술을 정육점 저울 위에 올려놓을 때

가지에서 꽃을 뽑아내는 하느님

제발 색깔 없는 구름 속에서 헤매는 밤을

제게 보내지 마세요

먼
곳

찬바람을 즐기는 아침
꼬리뼈를 바짝 세우면
먼 곳, 어디가 잠깐 반짝인다

벗을까 신을까
손 등에 착지하는 빛을
튕겨내는 접시들
모서리에 매달린 햇살이 흔들린다

식탁을 접어 둔 그늘
물푸레나무에 가족사진이 걸려있다

솟대처럼

베란다 창에
슬리퍼 코를 세우고
먼 곳을
쓰다듬는다

만두

달력을 깔고 앉아
여자가 도마 소리를 헤아린다

밀반죽을 하느라
뒤꿈치로 숨을 토해 놓는다

만두가 보이지 않는 제 맛을 찾아간다
손등에 후끈 입김이 매달린다

만두에 삭힌 고추를 꼭 다져 넣는
가게도, 손마디에 박힌
해를 잡고
서로 다른 눈구름을 껴입은 체

여자 3대
만두를 빚는다

만두가 저무는 12월

수은주는 내려가고
날리는 눈송이들
발가락을 들어 창을 들여다본다
만두가 닫힌 문을 연다

한 걸음 앞 깊은 곳

서둘러 던져버린 얼굴 곁에

분홍 에나멜구두

구름을 쫓는다

엄지발가락 같은 건 기억나지 않아

머리도 없이 다시 태어나는

한 걸음 앞 깊은 곳

함께 걸어 온 우산, 분홍 에나멜구두

가쁜 숨이 몰려간다

웅크렸다 후드득 터지는 주머니

조리개 밖으로 뛰어나가는

구두 뒤축을

다 벗겨 보고 싶다

─흩어지는 눈썹을 조심해요

곁에 없는 바람이

처음 만난 얼굴을 피워내고

불빛에 비틀거리며

보도를 건너는 행간의 애인들

포개지는 쿠션 위로

몰래 사육한 구름들이
한 걸음 앞
깊은 곳으로 뛰어든다

무늬들의 국경

아슬아슬 흔들리는 것은
나보다 앞에 있다

정류장 안으로 짧은 머리가 들어온다
머리카락에 맺힌 빗방울
웅덩이 쪽으로 기어간다
둥근 무늬들이 쉼 없이 스며들어
눈을 감는다
구름 앞
한발 먼저
미끄러지는 무늬들의 국경

잠시 후 버스 앞바퀴가 물웅덩이를 할퀴고 간다
여기저기로 흩어지는 웅덩이

참, 주저 없이
우산 속으로 뛰어드는 냉기

굵은 나무 아래 함께 본

둥글게 번지는 무늬

물녘의 예의

정지 된 풍경은 짧다

오리가 멈춰 있다

물비늘 밀려오는 강

중심을 잃고 어지럽다

오리는 강을 품고

강둑을 달리던 자전거들은 잠잠하다

홀연히 일어나는 한 사람

아, 강 건너

꽤 오래 저물다 가는 물녘

오리 대신 물이 일어선다

물소리에 닿아

가득 찬 숲 이파리들이

반짝반짝 목덜미를 닦는다

물소리를 따라 달리는 능선이 멀어

저절로 튀어나오는 입술

혀는 꺼내지 마

나무들 수근 거린다

강과 산 그림자가

서로 발목을 내주는 물가

사과를 반으로 나누는 느낌 바깥에

너도 나도 멀리서 보면

그냥 그림이야

손끝을 놓친 능선

물소리에 닿아

앞뒤가 사라지는 잎사귀들

바이킹

풀려났다
검색이 필요 없는 괘도
공포가 최고야
토끼들 설레인다

운동장 밖
꺼내 놓고 꼬리쳐 봐
맥박을 허공에 던져 봐
뒤집히게 껴안아 봐

내친김에 한 번 더 가자
숨이 멎는 순간에

밥
이
나

먹
자

할

걸
– 치매예방 교실에 등록했어

은사시나무 반짝거리며 넘어진다

힘껏 지는 꽃들
방은 왜 이리 추운지
밥이나 먹자 할 걸

우습던 밥그릇들
수순도 없이 법석 떠는 우듬지들

환하게 떠다니는
먼지 속 우두커니
잎 트는 모퉁이

3부

베이는 깊이

봄1

봄2

봄비 유령

사라지는 여름

생각나지 않는 요일

새털구름 사이

위로는 하지 마

숯

스크린 어디쯤

쑥국

애벌레 잡으러 가자

베이는 깊이

그런 날은, 산능선이 말을 걸죠 잡목들의 흉터, 나는 베이는 깊이를 알아요 그런 날은 날개를 펴서 평형을 유지하라고 배웠죠 죽은 이들끼리도 잊혀지는데 우리는 빠르게 흘러가요 뿌리가 들린 곳, 유충들은 꿈틀거리며 낭떠러지 곁에 밤을 만들지요 귀는 아직 들리지 않아요 잔설에 발이 묻힌 벤치, 홀로 앉은 캄캄한 혀, 좀벌레들 노트가 보여요 두근거림도 없는 약속이 앉았다 일어날 때, 이슬 내린 벤치는 까닭을 알까요? 저기 취해 쓰러진 술병을 불빛이 쓸어주는 바닥, 포토라인 위에 혼자 서 있는 얼굴들 오늘은 누가 더 나쁜 하루를 즐겼나 지나치는 하이힐 소리를 떠올려 봐야겠어요 걸음이 느려!

이삿짐 철쭉 화분이

고양이를 바라보고 있어

눈빛 뒤의 눈빛

잠긴 네 햇살은 통역이 불가능해

가끔, 서로의 목적지가 보여

눈물이 핑 도는 생강나무

벽을 걷어차면 터지는

물집들

긴 부츠를 꿰맨 지퍼가 열리는 계단

봄
2
— 워키토키

안 들려요?

오로지 훔쳐야 낫는 빈손들

꽃들의 처방전은 늦지 않지만

구름에 쫓기는

잠복기간을 조심해요

함께 주고받을 것

흩날려도 눈발처럼 웃을 것

폭설로 다시 출구가 막히기 전에

빈손으로 흩어질 것

꼬리에 도는 위험을 간직하기 위해

문을 열고 싶으면

쥔 것을 놓으세요

공평하지는 않죠

봄비 유령

내색 말고 걸어라–

헤어진 뒤에야 보이는 골목

빠져나간 냄새가 짙다

이마 보다 먼저 젖는 발등

너는 걸음의 마법을 모른다

걸음을 비워

네 거친 입자 안으로 들어가 망하는 법을

울음 놓친 적 없는

얼음 밑의 언 씨앗들조차

깨어나는 경쾌한 밤

차가운 발을 포개는 유령들

모르는 척

녹아 넘치기 시작하는 얼굴 하나

사라지는 여름

구름을 뒤집어 쓴 분향 냄새
흰 국화가 지키는 문밖

독한 모기에 물리던 베란다 뒤쪽
매미 울음 따갑다

지나가는 것들은 어떻게든 외로워

빗방울 마다
흔적 없는 이름들이 미끄러진다

지구본 어깨가
빙글 돌 때마다
흰 국화
사라지는 여름

생각나지 않는 요일

방금 들킨 높이에서

또 매미가 운다

군용 모자와 아무 상관도 없는 구름들의

말랑한 입맞춤

무슨 요일이지?

불량기 넘치는 하늘

발톱을 숨긴 바위 뒤로

이끼를 뒤집어 쓴 응급차가 지나가네

그림자가 사라졌어

다시는 부활하지 않았으면 좋겠어

이쪽저쪽 사다리 사이로

밥 탄내가 스미는 방

냄새는 맛있어

생각나지 않는 높이에 앉아

셔츠를 벗어 빙글 던져 봐

우후, 내가 네 높이에

뿌리내리게

새털구름 사이

문 걸린 교회 마당

늙은 목련나무, 여기서부터 모르겠어

살짝 비틀어 앉은 뒤태

빠르게 숨을 벗는 앞태

나는 처음 보는 엄마의 입술을 훔치네

닮지 마

내 눈과 귀를 다 파먹은 빛

소스라치며 울컥

물이 너머 오네

아, 초점이 맞지 않는

새털구름 사이

목련이 오네

위로는 하지마

앞사람이 일어서자마자
딸깍 수저가 놓인다

젊은 여자가 필통 같은 지퍼를 열어
숟가락을 꺼낸다

손뼉을 치던 말초신경이
아기와 눈을 맞춘다

아기 눈망울 앞에서
물색없는 무릎춤을 춘다

아기를 위해 킾 해둔 구호 던져봐요
숟가락을 들어올리느라 아수라장인 서울

흙수저라서 행복하다구요?

생수통을 어깨에 메고 뛰어가는

시장 골목

뻥 뚫린 까만 하늘

불빛이 나를 비웃는다

숯

네 몸은 몇 개의 방이 필요하다

검색이 불가능한 방

깊이 잠 못 드는 방

마디 크게 벌어지는 방

타오르는 방

스크린 어디쯤

유리문을 밀고 들어서요
어둠이 벽을 벽 속에 옮기길 기다려요
팝콘이 부풀어요
빨간 접이의자들이 블랙박스를 끌어당기며
더듬는 손가락을 나눠요
무릎 위에 놓고 간
마지막 스크린
모른 척 불려 나와
훔쳐보니 재밌나요?
저기 물 속 산그늘 위를
달리는 전동차
한강철교 위를 지나갈 때
물결에 이는 나를
애인 같이 보아줄 수는 없나요
난 손을 뿌리칠 수도 있는데

쑥
국

맹물에 밥 말아 먹는 손

쿵 아득하다

서로 닫혀 있는 방

명치끝 쓸쓸하다

왕숙천 바람 찬데 쑥 뜯어

쑥국 끓인다

–아 배가 불끈 일어난다

손톱에 배인 쑥물이 더 밉다

애벌레 잡으러 가자

징그럽잖아

착해

나무아래 쉬어 가자

누구야

버찌

버찌는 뭘 먹어

태양

애벌레는 뭘 먹어

구름?

이슬?

어디서 찾아

벤치도 출출할까

목말라

애벌레도 줄 거야

4부

행성으로 가는 쿠션 커버

여름 묘지

오늘 아무도 만나지 않았다

읍내는 캄캄하다

오월

종로 3가

우체통 그늘

월식 산책

종이배

주왕산

지금

찔레 향 건너

행성으로 가는 쿠션 커버

서둘러야 해

쿠션 커버도
도마뱀도
데려갈 거야

비가 오는데?
물장구치는 걸 좋아하거든

지렁이가 기다려줄까?

비가 날아와서
나비도 개미도 숨었을 거야
이렇게 빗방울을 찌를 거야

첨벙

파란 운동회가 젖는다
노란 버스가 서서 웃는다

여름 묘지

후려친다

여긴 어딘가 묻는 소리 대신
개망초 흔들린다

다 어디서 무얼 하나
무덤은 없고

한 잔, 잔 속으로 들어가
물방울에 닿는다

물소리
캄캄하다

구름 속에 오래 서서
허기를 끓이느라
눈을 뜰 수 없다

누구 없나

이렇게 가까이 있는데

오늘 아무도 만나지 않았다

몰랐어
들었어
죽었어

봄 스카프로 얼굴을 가린다

비에 씻긴 가지들 진저리친다

나는 오늘 아무도 만나지 않았다

읍내는 캄캄하다

읍내는 캄캄하다

물소리 가까이 쓰러지는 뿌리들

목이 마르다

오빠들은 모르지

뒤꿈치를 꺼내 웃는

여자 뒤에 숨어

옆으로 걷는 오빠들이

오늘도 둥근달 앞을 지나간다

다가갈 수도

젓가락을 얹을 수도 없는 밥상

죽은 목소리를 꺼내 들고

기다리는 구름들

닿고 싶은 저 쪽

눈이 오려나

가서 오지 않아 펼쳐보는

수첩 속 오빠들

오월

너는 왜 춥지도 덥지도 않아

증거 있나

저 모퉁이는 조형물이야

꽃 사줄까

나침판도 없는 길 겁이 나

꽃은 다 아름답잖아

흩날리는 짧은 그림자들

뒤 끝 있더라

종로 3가

5호선 4번 출구 앞

구두 광택 1000원

구두 징 1000원

對人春風天客萬來

등에 진 노인 몰래

뒤꿈치가 풍요로워진다

한 번도 만난 적 없는

리듬 한 뭉치가 거리를 묶는다

몇 가지 화려한 무늬가

에스컬레이터를 내려간다

우체통 그늘

힘껏 수평선을 올라오는 자전거

빠른우편이 온다

팽팽하게 감겨 오는 근육

물 위에 박힌 바위섬

빨갛게 우는 새들 입술이 추워

어깨가 오그라든다

들킬까 혼자 웃고 또 웃는

동백 등대

보였다 안 보였다

발길 닿지 않아

바라보는 우체통 그늘

월식 산책

손톱 끝 나무들이 추워져요

달빛 속에 앉아 있는

자귀나무 의자 하나

잠든 씨앗이 치마를 걷어 올려요

죽은 것들이 겨우

발효 되는 순간 매슥거려

형상을 훔쳐 잎이 트는 자리

빈 곳마다 집 하나 없이 자라는 벌레들

줄지어 처음 만나는 사람들

내딛는 굽마다

바스락거리는 당신

일어서는 재미 미처 몰랐어요

안에서 밖으로 잠긴 입

몸만 다시 태어나면 그 뿐인가요

낯선 체위로 가로지르는 가지들

남인 듯 내가 걸어 나온 저 곳

아찔해요

종이배

종이배를 접는다
손가락 앞으로 누가 지나간다
물결을 태운다
파도에 무릎이 떠내려온다
묻지 않는다
곧 도착할 모래알들
속절없는 것들이 깨어나
다시 물결을 가른다
태양의 지느러미
손가락 끝에서 반짝인다
홀로 자라는 물이끼
구름이 노를 젓는다

주왕산 - 가까워 놓치는 순간들

단풍잎 부리가 어두워진다

잡목들의 등뼈 흔들린다

너무 가까워 놓치는 순간들

너는 올 수 없고

웃음과 울음이 접힌 계곡

비가 몇 걸음 앞을 적신다

저기 제 심장 속으로 뛰어내리는

폭포, 위 노송

어두워져서야

들리는 물소리

지금

타이밍을 놓친 체온이
손가락 사이를 건너다닌다
잔가지들이 바람을 깨운다
흔들리다 따라간다

구급차 뒤 으름매미
녹음기에서 홀로 흘러나오는 금강경
냉동 중인 네 생일케이크
일 년에 한 번뿐인 안부
포인세티아 마른 잎들과의 지루한 동거

뛰어내리고 싶어
죽은 벌레의 공기 속에서
눈시울이 떨리는 곳
몰래 치자꽃이 핀다

찔레 향 건너

이리로 앉아 봐

사라진 얼굴들이 접혔다 펴진다

빠르게 산을 내려가는

산그늘

거침없이 찔레 속으로 들어서는

태양 속의 내 무덤

풀 냄새가 몸을 타고 흐른다

물소리에

목을 축이다 사라지는

정오의 구름

5부

철쭉들 웃음소리

첫눈

크리스마스식탁

토마토 일기

폭우

넌 누구?

한 잎의 밤

혼자 노는 금요일

여름천변

박동

발칸반도 곰팡이

블라인드 틈새 사이

11월

팬데믹

죽은 이가 선물 같다

철쭉들 웃음소리

잊을까 잊을 수 있을까
살아 있는 것들
끼리끼리 감춘 인사
철쭉 보러 가네

눈 귀 닫고
발꿈치로 일어서서

눈 튀어나오게
웃던 물속의 아이들
온 힘을 다해 왔다
온 힘을 다해 사라지는
철쭉 핀 바래봉 물소리 따라
끝없이 다가오는
웃음소리

첫
눈

눈발이 날린다

오늘 오시는 엄마

말없이 나를 스쳐 간다

크리스마스 식탁

구겨진 넥타이들이
결백한 표정을 한 채
광장을 헤치며 걸어간다
짧고 긴 대답
메리–크리스마스
잿빛 환자들이 서로를 향해 문을 연다
이쪽과 저쪽
구겨 넣은 종소리가
양쪽으로 뾰족이 자란다
불 대신 뿔로
어둠을 밝히는 광장
흰 빛 저편
유쾌한 식탁과 합체 하는 불빛들
말 없는 문밖에서*
은밀히 끓는 단팥죽 냄새

* 〈문밖에서〉 – 볼프강 보르헤르트의 희곡

전화 좀 해 줘
토마토가 끓는 물속에 메시지를 토한다

30초 39초
안전한 체온은 없다

찬물에 손가락을 헹군다
토마토의 컬러풀한 순간을 질투한다

물 밖으로
변하지 않는 네 질문이 넘친다

태양을 주문한 시간
플라타너스의 넓은 귀가
닿을 수 없는
식탁들의 속살을 흩어 놓는다

토마토를 자른다
여전히 씨방은 차갑다

폭우

비 내리는 담장은 정직해서
장미 따위는 모른다고 외친다
장미가 발길에 뭉개진 얼룩을 냄비에
끓이는 동안
구름은 심장을 닮아 간다
맨발이 부풀어
겹쳐진 산들이 능선을 넘어온다
홀로 크는 구름들
다친 것들이 드러누운 지하실
물이 차오른다
지워지는 것들을
어디에 묻어야 할까
골목은 들여다볼수록 적막하다
베란다 밖 남한강 자락이
접시 위에서 출렁인다
돌이킬 수 없는
빗줄기들아 나는 투명한
네 발목을 갖고 싶다

넌 누구?

천둥이 산을 내려간다

빈 곳을 쫓아가는 메아리

아파트에서 뛰어내리는

둥근 바퀴들이

겁에 질린 허공을 달린다

빗방울이 유리를 지우고

벽에 기댄 액자가

키 큰 나무 아래로 떨어진다

뛰어내린 내 등 뒤에 남은

넌 누구?

애벌레가 손등을 기어오른다

숨 참기가 어려워

몸을 벗은 몸이 열린다

순간을 던지는 17층 밖

날 기다리지 마

뛰어내리는 둥근 메아리

사라진 뿌리 속에 발을 감춘 가지들

돌아갈 곳 없는 소리들이

누운 풀잎을 향해 일어선다
번개가 벗어 놓은 절벽이 지금
사라졌다

한 잎의 밤

나는 여린 한 잎의
혀끝에 앉아 딸꾹질을 하네

그때 푸르던 모자 위로
일본식 술, 김이 오르네

핸들이 삼킨 별자리의 궤도를 돌다
꼬부라지는 토씨들
무거워 그만
스위치를 내리는 빛들

어느새 뒤꿈치로 걷는 애인들을
눈발이 급습하네

한철 녹지 않는 플랫폼
뾰족한 잎 터질 듯
혀가 부풀어 오르네

혼자 노는 금요일

불빛이 뭉클하다
떠나는 얼굴은 보이지 않는데
나는 부풀어 오른다

눈물은 사생활일 뿐
여전히 엄마는
스크린 속에 살아 있다

추운 등을 가진 물무늬들이
저기 철교 밑을 간다
남은 숨소리마저 손을 흔들며 따라간 뒤
녹슨 무릎 위를 스쳐가는
새들 커브가 날씬하다

혼자 노는 금요일
가라앉은 눈빛들이
물컵 속으로 사라진다

여름천변

속삭임이 또렷하다

밤을 여는 풀벌레들
트롯 재즈 힙합 연주가 요란하다

물비린내가 뒤꿈치를 밀고 날아오른다
꽃들의 지친 웃음이
깍지 낀 콧노래가
앞지르는
바퀴를 세며
흔들리는 둥근귀거리 사이로
숨바꼭질 할 때

숨은 내 심장을 보려
컴컴한 강 물고기 펄쩍 뛴다

다 식은 사랑이
이끼처럼 돋는다

박동

훅, 냉장고가 숨을 고른다

소파에 앉은 정적이 눈을 뜬다

한밤중 가지마다 눈이 쌓여 밖이 환하다

어둠이 접힌 거실 모서리

줄기를 찢고

잎 트는 야자나무

처음 닿는 공중

스치는 눈발이 창을 들여다본다

내 왼쪽 방 깊이 숨어 사는

두근거림

발칸반도 곰팡이

지붕 위를 맴도는
늙은 갈매기들

소금밭을 건너느라 얼굴이 부은
아드리아 해의 구름들

뜨거운 노년
꿈꾸는 내 트렁크와
골목의 좁고 높은 계단들
버리고 버려도
쫓아오는 밤

발갛게 몸이 달아오르는 지붕 밑
꼭 찬 올리브 열매들이
다시 태어나는 냄새 가득하다

지친 용기를 묻는 콧노래
콧등이 은밀히 내미는 땀방울

파도의 갈증이
장식 하나 없는 벽을 연다

와인과 치즈 속 곰팡이들이
슬그머니 다가와 손을 잡는다

발코니 아래 고양이 울음이 지나간다
수많은 밤이 내 이마에 입술을 얹는다

멈출 수 없는 길
난 국적 없는 양말을 빨아 넌다

블라인드 틈새 사이

만개한 햇살 속
벚꽃이 지느러미를 털어낸다

밖은 닿지 않아 더 깊고
밝은 순간, 나는 깜깜하다

빛에 세를 든
창, 무료함이 찻물을 올린다

졸던 구름이
공기주머니를 놓치는 사이

당신의 양말과
내 브래지어가 놀라지 않도록
벌들의 날갯짓에
머리칼을 말리는 사이

저 쪽은 벌써 지네요-

장바구니가 모자를 향해 손인사를 한다

이름 모를 뒤꿈치들이
빛 속을 달려 꽃을 넘어 간다

블라인드 틈새 사이
골목이 아늑한 먼지로 가득하다

삭은 홍어의 얼룩이 날아다니는 저녁

종소리가 언덕을 내려놓는다

바지주머니에 양손을 찔러 넣고

발가락 끝으로 땅의 체온을 찔러보는 사내가

가로등 뒤편의 어둠을 계산하고 있다

사선너머 사라진 눈송이들

사로잡힌 발자국들

더는 그림자를 데려갈 수가 없다

간직한 씨앗들의 검은 솜털이

주머니 속에서 손가락을 간질인다

종소리가 언덕 아래로 추운 뼈를 던진다

허공을 붙잡은 꼭대기

나뭇가지들 웃자란 전율을 자르고

뿌리 밑으로 방을 옮긴다

팬데믹

닫힌 브런치 카페
안녕, 눈송이처럼 날리는 사람들

너는 남쪽 어디
잘 있다니 고맙다

아침커피는 속이 쓰려
연한 콩물로 네 잠을 깨우고 싶은데
한 발 안으로 들여 놓은
공원, 벤치마다
마스크를 쓴 유령들
일렁이는 새순들
혼술 하는 그림자들

떨어지는 꽃잎이 손바닥에 따뜻하다
기다리던 불빛이 전동차 소리를 따라간다

너인 듯 나인 듯

어느새 감잎은 두껍고 짙다

먼 풀빛들이
먼저 손을 흔든다

죽은 이가 선물 같다

샛강을 따라 걷다 보면
수양버들 솜털이 눈앞을 가린다

저 앞 모퉁이를 도는
자전거 위에 아, 아버지

솜털보다 가볍게 모퉁이가 사라진다
고인 듯 흐르는
물결이 더 넓은 강으로 나가
죽은 이의 그림자를 덮고
물속으로 깊어진다

ー물속에서도 마스크를 꼭 쓰세요

아버지의 목소리가 검불로 덮인 기슭에
흰 빛 노란 빛이 어울려
풀숲이 짙어간다
죽은 이가 선물 같다

배웅하는 밤엔
라일락 향기가 눈썹에 먼저 와 닿는다

일상을 견뎌내는 언어의 다정함

이영진

불빛이 들썩이는 선로를 끌어당긴다

-중략-

구름을 가꾸는 올리브 열매들

읽히지 않는 또렷한 문자들이 빠르게 달려간다

아, 흐려져 다정한 순간들

내 몸 곳곳을 통과한

기차가 다시 리스본을 향해 떠난다

〈리스본 행〉 부분

1

살아있는 모든 것들은 이동한다. 이동하면서 '이곳'과 '저곳'의 다름
과 같음을 실감한다. 여행은 익숙한 것들과 낯선 것들 사이를 가로지

르며 통과하는 자의 존재감을 바꿔 놓는다. 달리는 이국의 밤기차 안에 앉아 국경을 넘는 것도 그렇다. 특히 밤기차를 타고 달리다 보면 마주보는 두 개의 얼굴이 안팎의 공간을 동시에 달리고 있음을 깨닫게 된다. 깜깜하고 커다란 통유리에 비치는 두 세계의 기묘한 겹침과 어긋남이 지루하면서도 즐겁다. 역방향으로 동시에 흘러가는 속도의 관성은 현대성의 한 특성이기도 하다. 개인과 집단의 다수성과 단수성이 작동하는 방식도 역시 마찬가지다. 정숙인의 〈리스본 행〉은 이런 어긋난 현대의 불확정성을 극명하게 보여 준다. 정숙인의 언어는 이 어긋난 사물과 존재의 되비침을 따라 국경과 국경 사이를 이동한다. '흐려져 다정한 순간'들은 이동하는 속도에 의해 탄생한다. '또렷함'과 '흐릿함'은 서로를 되먹여 치면서 '여기'와 '저 먼 곳'을 한 자리에 불러내 전체를 동시에 감응하고자 한다. 그녀는 사물의 경계나 형상을 구분하거나 사실로 인지하고자 하지 않는다. 오히려 '또렷하지만 의미를 알 수 없는 이국의 문자'에 주목한다. 뚜렷한 문자가 고정시켜 버린 '알 수 없는 의미'와 아무 상관 없이 그녀는 어느 국경인가를 건너가고 있기 때문이다. 리스본을 향해 '달리는 기차'는 현대의 속도 그 자체이자 흐려져야 확인 가능한 다정함(주체)의 실감이다. 그래서 기차 안에선 아무리 무거운 이야기를 해도 중력이 사라진 공간처럼 무겁지 않다. 하지만 부유하듯 흐려진 사물들을 통해 회복된 '다정함'이 끓어 안고자 하는 시적 발견은 결코 가볍지 않다. 그녀는 자신이 펼쳐놓는 언어가 무엇을 가리키든 아무것도 바라지 않는다. 아니 바랄 줄을 모른다. 목표나 결론에 도달하려고 하지도 않는다. 그녀의 언어들은 실증 가능한 기억보다 덧없는 순간들이 뿜어내는 흐릿함을 질료로 삼는다. 그녀의 눈은 보이지 않거나 아직 발화되지 않은 말들의 빛깔을 놓치지 않는다. 따라서 정숙인의 언어는 쉽게 소통하거나 의미 전달을 꿈꾸지 않는다. 함께 공유되는 너무 빤한 세계를 벗어나려는 그녀의 눈은 겹눈을 가진 곤충처럼 광각과 접사의 두 가지 앵글에 모두 능하다. 그녀의 구문들은 가깝거나 먼 곳을 끌어당기고 밀어내는 역설과 반작용의 탄력 위를 달린다. 그래서 명료하고 명징한 단초점의 질서에서 벗어나 낯설고 돌발적인 상황이 벌어지는 다중적 찰나 앞에 서 있을 때가 많다.

잎사귀들은
모르는 곳에서 온다

천천히 다가와
어깨 너머까지
가득해 진다

움찔하는 참새 꼬리가
가벼운 곳을 슬쩍 열었다 닫는다
정오 높은 곳에서 길게 휘어지는 언덕

거기 어디

원피스를 입은 나는
구름을 향해 뛰어오른다

발이 닿지 않는
텅 빈 공휴일

보이지 않는 곳이
다 깊다

가지들 몰래
아파트 모서리가 한발
더 멀어졌다

〈입을 닫은 공휴일〉 전문

모두가 출근해버리고 난 낮 12시 무렵, 아파트는 의외로 적막하다. 2차 대전 직후 전쟁고아와 노인, 여성의 거주 공간을 위해 공동 주택이 기획되었다. 독일 바우하우스에서 시작된 이 프로젝트는 인구 밀도가 높은 지역의 주류적 주거 양식이 되었다. 거의 똑같은 구조와 크기를 가진 이 '공동 주택(아파트)'은 집이 없는 자들에겐 통곡의 벽이, 재빠른 부자들에겐 부의 증식을 보장하는 황금의 출구가 되었다. 이 땅의 주부들은 거의 모두 이 주거 공간의 특별한 경험을 공유하고 있다. 고층 아파트에서 내려다보는 시야에는 나무 꼭대기와 개미처럼 지상을 움직이는 사람들이 포착된다. 아찔한 높이와 거리감은 이 공간에서 수없이 반복되는 익숙한 원근감이 되었다. 사람의 눈높이 대신 왜곡된 눈을 갖고 살아가는 사람들은 모두 왜곡된 세계의 진실과는 상관없이 예측 가능한 삶의 편리함을 원하게 되었다. 정숙인의 〈입을 닫은 공휴일〉은 끝없이 증식되는 콘크리트 상자(아파트) 속에서 사람들이 어떻게 실존을 위한 '숨구멍'을 찾아가는지 명료하게 보여준다.

"발이 닿지 않는/ 텅 빈 공휴일"은 언뜻 파블로 네루다의 〈아, 얼마나 밑 빠진 토요일인가〉를 연상시킨다. 네루다는 "밑 빠진 토요일"을 통해 주체를 상실한 채 일상을 쫓아가는 '현대인'들을 지푸라기인형이라고 풍자했다. 그에 반해 정숙인의 "공휴일"은 거꾸로 현대적 일상의 허망함과 무의미와 사소함 속으로 역행한다. 그 세계는 '입을 닫은' 상태여서 적막하다. 출구가 없는 언어들은 말을 걸어오지도 말을 하라고 강요하지도 않는다. 밀폐된 입 안쪽에서 그녀가 발견한 것들은 그야말로 사소한 움직임이거나 심상의 변화일 뿐이다. 그러나 이 세계는 이상하리만큼 생기에 차 있다. 아무 일도 일어나지 않는 무심한 공휴일, 유일한 사건은 나뭇잎이 조금 더 무성해지고 가지에 앉은 참새 꼬리가 움찔했을 뿐이다. 그러나 이 미세하고 짧은 '떨림'은 정숙인이 속한 (아파트 창가로 내다보이는) 세계를 드라마틱하게 바꿔 놓는다. '움찔'하는 참새 꼬리의 작은 움직임이 '가벼운 곳'을 '슬쩍 열렸다 닫게 만든 원인이다. 그러나 '가벼운 곳'이나 '열렸다 닫힌' 현상은 온전히 정숙인의 심상 내부이다. 이런 사물의 미세한 움직임과 그녀의 심미적 반응이 맞닿은 '곳'은 그녀의 아파트다. 아무도 인지하지 않는 일상의 찰나일 뿐이다. 그러나 이런 인지되지 않을 만큼 '작은 사건'은 얼마든지 거대하고 비극적인 사건의 예후일 수도 있다. 시인의 예지력은 아파트라 불리는 공간의 이중성을 감지한다. 고층 아파트에서 투신하는 여고생이나 층간소음으로 벌어지는 폭력과 비극이 이 아파트라 불리는 공간에서 벌어진다. 그래서 그녀는 이 공간이 얼마나 위험한 곳인지 잘 알고 있다. "몰래 아파트 모서리가 /한발 더 멀어졌다"고 말하는 시의 결구는 '모서리'와 '멀어짐'에 있다. 이런 심상치 않은 그녀의 통찰력은 이미 시의 첫 줄에서부터 시작되고 있다. "잎사귀들은/ 모르는 곳에서 온다". 모르는 곳이란 어디일까. 정숙인에게 모르는 곳이란 존재하지 않는 곳이 아니라 아직 이름을 얻지 않은 온갖 미결정의 순간이다. 그러므로 모르는 곳에서 오는 잎사귀가 "천천히 다가와/ 어깨가 가득해 지"는 순간 그녀 또한 가득 채워진다. 나무 잎사귀가 조금 더 자랐을 뿐인데 그녀는 '가득해'졌다. 참새 꼬리가 움찔했을 뿐인데 '가벼운 곳'이 열렸다 닫히는 것을 그녀는 감지하는 것이다. 정숙인은 세계의 덧없음에 몸서리치기보다 오히려 그 덧없는 찰나가 환기시키는 존재의 탄력을 '지금 이곳'의 생취로 끌어내고자 한다. 살아있는 것들의 흔들림을 낚아채는 순간 그녀는 부질없음에서 살아있음으로 편입되는 자신을 느낀다. "잎사귀들은/ 모르는 곳에서 온다"고 말하는 그녀는 오래 전부터 사찰을 찾아 향을 사르고 오체투지 하던 불자다. 평범한 어조로 말하지만 그녀는 선승을 닮았다. 그녀에게 세계는 과학적 인과나 물리적 검증을 거친 '사실'로부터 비롯되는 것이 아니라 '모르는 곳에서 오는' 비밀스러운 존재들에 의해 이루어지는 장소(곳)이다. 나뭇잎 하나까지 그렇다. 그래서 그녀에게 '부질없음'은 아무도 몰래 홀로 꺼내보는 비밀스런 거울과도 같다. 그렇다고 정숙인의 비밀스런 세계가 언제나 밝고 따뜻하기만 한 것은 아니다. 그녀는 미세하고 '밝은 곳'의 찰나에 민감한 것만큼 때론 어둡고 귀기 서린 것들의 기척에도 놀랄 만큼 예민하다. 이하의 신현(神絃)을 연상시키는 〈그믐밤 나는〉은 "상이군인들"이란 부재가 붙은 시다. 시공의 질서도 이승과 저승의 구별도 없이 신과 무가 사이를 자유롭게 오가던 이하처럼 그녀는 유년 시절의 그믐밤을 지금 이곳의 실감으로 소환한다. 전쟁에서 상이군인이 되어 돌아온 '오빠들'은 마을 어귀 팽나무 그늘 속에서 웃는 듯 울고 있다. 그들은 이미 오래전에 귀신이 되었으나 '이곳'을 떠나지 못하는 사람들이다.

　그곳은 오고 가는 자가 만나// 푸른 가지 대신 말없이 눈빛을 걸어 두는 곳// 팽나무 머리칼이 덥석 손을 잡는 곳// 뿌리 밑으로 서로를 통과해 버리는 귀신들// 숨을 곳 없는 그림자들이// 아무도 몰래 돌아와// 웃는 듯 울고 있는 곳

　정숙인 혼자 치르는 초혼제는 초나 향 대신 언어로 치뤄진다. 〈여름 묘지〉, 〈읍내는 깜깜하다〉, 〈월식 산책〉, 〈봄비 유령〉 등 적지 않은 시들이 시공을 넘나들며 '죽은 자'들과 함께 한다. 형형색색의 귀신들이 이승과 저승을 너울거리는 이하의 낭만적 시와는 달리 정숙인은

극도로 감정을 자제한 채 죽은 자들을 초혼한다. 그림 그리듯 '증언'하지만 그녀의 초혼은 지금 이곳의 시간들로 이어지고 있다. 그녀는 세월호의 아이들을 "온 힘을 다해 왔다/ 온 힘을 다해 사라지는" 존재로 인식하지 않는다. 그녀에게 아이들은 철쭉처럼 끝없이 되돌아오는 '지금 이곳'의 존재들이다. 철쭉을 보러 지리산 바래봉에 올랐다 만난 것은 "눈 튀어나오게/ 웃던 물속의 아이들"이다. 한 송이 꽃도 바로 볼 수 없는 죄책감을 단지 '살아남은 자의 슬픔'이라고 단순화할 수는 없다. '납득 할 수 없는 죽음'은 죽음 그 자체로 끝나지 않는다. 6.25가 그렇고 광주의 5월이 그렇다. 세월호의 아이들 역시 마찬가지다. 죽음으로 갈라놓을 수 없는 시공은 이렇게 탄생한다. 죽음의 현재화는 이렇게 이루어진다. 그것이 철쭉이든 망초꽃이든 살아남은 자들의 자장과 함께 하는 것이다.

잊을까 잊을 수 있을까
살아 있는 것들
끼리끼리 감춘 인사
철쭉 보러 가네
−중략−
눈 튀어나오게
웃던 물속의 아이들
온 힘을 다해 왔다
온 힘을 다해 사라지는

철쭉 핀 바래봉 물소리 따라

끝없이 다가오는

웃음소리

<철쭉들 웃음소리> 부분

　그녀의 어법과 이미지들은 쟈크 데리다가 <그라마톨로지>에서 이
야기하듯 한 문장이나 한 구문이 껴안고 있는 의미나 관념들을 한 장
의 레이어를 걷어 치우 듯 가볍게 벗겨버린다. 그녀는 무엇을 위해 필
요한 존재가 되고자 하는 것이 아니라 오히려 필요 없는 존재가 되고
자 열망한다. 즉 문장의 안도 밖도 아닌 쉼표나 마침표 같이 그 앞에
무엇이 오든지 '이름'의 외피를 벗겨 독립된 자유를 누리게 한다. 그
녀에게 언어는 의미전달을 위한 약속된 기표나 상품의 로고 타입이
지시하는 팔릴만한 '무엇'이 아니다. 그녀는 의미나 논리 혹은 언어
의 일차적 소통 기능을 별로 중요하게 취급하지 않는다. "텅 빈 공휴
일// 보이지 않는 곳이/ 다 깊다"라고 말하는 그녀의 세계는 '보이지
않는 곳의 깊이'를 '이해하게' 하는 것이 아니라 선명하게 '느끼'도록
한다. 그녀에게 언어는 하나의 불규칙한 "사태" 혹은 어긋난 "상태"를
순수한 실존 앞에 던져 놓기 위한 기호의 파편들이다. 그럼에도 그녀
의 언어가 심하게 난해하게 다가오지 않는 것은 존재의 사태가 어긋
나는 국면을 극적으로 의미화하거나 깨달음(관조) 같은 포즈로 환원
시키지 않기 때문이다. 영감이나 직관이 포착하는 사물이나 일상("몰

래 아파트 모서리가/ 한발 더 멀어졌다")이 저 너머 아득한 곳에 위치하는 것이 아니라 지금 이곳의 앞이나 뒤 즉 몸 가까운 곳에 있기 때문이다. 사실관계의 인과나 사건의 맥락을 생략해버린 언어 뭉치나 문장의 조각들은 완전히 추상화 될 때나 절반쯤의 단서를 보여줄 때도 크게 생경해지거나 불편하지 않다. 물론 그로테스크하거나 기괴한 반전을 겨냥하지도 않는다. 오히려 찰나 간에 스쳐가거나 극적으로 충돌하는 움직임을 분절되지 않은 '하나'로 끓어 안고자 한다. 사물과 인간들이 빚어내는 환원 불가능한 사태들에 대한 이러한 인식이 의미를 가로질러 그 너머를 감지하게 한다. 잘라낸 식물의 단면처럼 "반짝"이지만 그 식물이 무엇인지도 모를 만큼 잘게 해체해 놓지 않는다. 그것이 그녀의 시가 보여주는 친근함이다. 그녀는 지적 긴장과 감성의 포근함 양쪽 모두를 포기하지 않는다.

그녀의 언어는 절대의 현존과 겹쳐진 '저 너머' 혹은 '저 뒤쪽 어디'를 '지금 여기'로 호출하지만 불러들인 사물들이 순식간에 굳어버리지 않도록 찰나의 아우라를 놓치지 않는다. 팩트 과잉의 일상과 매체의 중력에 정신없이 끌려 다니는 대규모 아파트 단지의 우울함 속에서도 그녀로 하여금 긴장을 놓치지 않게 하는 힘은 '모르는 곳'을 감지하고자 하는 그녀만의 깊은 '응시'에서 비롯된다. 정숙인의 사물 인식과 상황 인식은 언제나 '지금 여기'라는 시공간의 질서 너머에 닿아 있다. 그래서 그녀의 사유와 감각은 카테고리가 분명한 개념의 세계보다 끊임없이 '흔들리는 세계'의 움직임에 촉수가 닿아있다. 살아 움직이는 존재들의 경계는 규정 불가능성 속에 있는 만큼 무어라 명명할 수 없다. 그녀는 이러한 존재들의 현존을 '모르는' 어둠에 둘러싸여 있다고 인식한다. 사건과 사태의 변화에 따라 끝없이 중첩되는 존재들. 유적처럼 중첩되어 쌓이는 기억과 연상의 축적이야말로 찰나의 무게이자 명징하고 확실한 사실의 중력이다. 예측불가능한 시인의 언어는 그 두꺼운 일상의 층위들을 넘나들고 가로지르며 싱싱한 일상의 조각들을 낚아 올린다.

밥 먹고 잡다한 청구서도 확인하고 치과에도 가고 편의점과 은행에도 가고 세탁기 돌리고 베란다 청소하고 끊임없이 울리는 전화나 문자도 받고 지하철을 타거나 자동차를 몰고 극장이나 결혼식장이나 장례식장에도 가고 카페나 백화점에도 들린다. 일상은 한없이 넓고 깊다. 너무 빤해서 다 보이고 다 알만큼 익숙한 것이기도 하다. 그러나 이 일상의 깊이와 넓이 사이에서 생성중인 정서나 감정들을 다 레코딩 하거나 기록할 길은 없다. 그녀의 시어들은 이 무한한 일상의 심연을 가만히 들여다보거나 손을 내밀어 만져 보며 그것이 어떻게 살아 있는 순간으로 되돌아오는지 그 통로를 확인한다.

그녀는 가지런하게 정돈된 보도블록 보다 골목을 좋아한다. 인적이 뜸해진 골목은 그녀가 아무도 모르게 혼자서 '날쌔게 커브를 그리며 스텝을 밟는' 무대가 되곤 한다. 이 세계의 깊은 뒷골목에서 이루어지는 독무는 다수와 함께하되 끝내는 혼자인 그녀만의 관계 맺기 방식이다. 그녀는 완고한 충청도 음성 종가 집 무남독녀로 태어났다. 큰 종가집에서 많은 사람들 속에 둘러싸여 살면서도 그녀의 유년은 늘

혼자였다. 가끔 득남을 빌어주러 들리는 인근 사찰의 스님이 그녀가
겪는 유일한 외부인이었을 만큼 그녀는 고립된 혈연의 둥지에서 살아
야 했다. 새의 알처럼 안에서 밖을 상상하는 것이 그녀의 세계였고 이
것은 평생 동안 계속된 그녀만의 독특한 사유방식이 되었다.

달걀은 조금 둥근 호기심

안과 밖의 경계에 놓인
갸륵한 달걀들

끓는 물속에서 너는 아직 살아있다

〈달걀〉 부분

자신을 둘러싼 세계의 중력에 저항하기보다 오히려 안으로 끌어들
여 내면화 해 버리는 이런 훈련은 그녀에게 달걀 둥지 너머의 세계를
'상상' 하는 통로를 열어 주었다. 그녀의 언어가 쓸쓸하고 어두울 때조
차 밝고 천진하게 느껴지는 것은 어릴 때부터 익숙하게 견뎌온 훈련
의 결과인 셈이다. 중력을 거스르며 나는 새들은 바람의 결을 알게 되
는 것이다. 바람의 갈피 사이를 날며 바람이 전하는 먼 곳의 소리를
듣는다. 시간의 가깝고 먼 곳, 초원 가득 바람에 흔들리는 풀들, 지하
철 계단을 오르내리는 갖가지 브랜드의 신발들, '지금 이곳'에서 일어

나는 크고 작은 일상의 사건과 존재의 멈출 수 없는 사태들을 숨쉬듯이 감지하는 새의 부드러운 깃털, 새의 날개는 투명한 공기의 입자 속에 담긴 사물들의 이야기를 노래한다. 순간순간 변하는 사물과 존재의 미세한 움직임과 기적들을 흡입하는 야생의 삶은 그래서 치열하다. 야생의 찰나를 사는 것들에 대해 D.H. 로렌스는 〈자기 연민〉이란 시에서 "얼어 죽어가는 작은 새도/ 나뭇가지에서 떨어질 때조차 자신을 동정하지 않는다"고 노래했다. 둥근 달걀이자 새이기도 한 정숙인은 자주 서울을 떠나 강진 백련사의 동백 숲을 찾는다. 동백꽃은 처절하다. 야생의 검붉은 동백꽃은 침묵만큼이나 진하고 무겁다. 바닥에 통째로 머리가 떨어져 뒹구는 동백은 정숙인에게 죽음에(사라짐) 이르는 마지막 순간의 절정을 환기시킨다. 동백은 그녀에게 실패한 혁명의 불꽃 바로 그것이다. 그래서 찬 눈송이 속에서 겨울을 보낸 동백이 채 시들기도 전에 땅바닥에 떨어져 뒹구는 봄이면 숯화로에 향을 꽂아 그들을 전송한다. 작고 둥근 몸을 가진 정숙인은 바로 이 동백 숲에서 사는 동박새인 셈이다.

2

한 여성이 길거리에서 홀로 춤을 춘다. 주변의 시선이나 관심으로부터 자신을 방어하고자 하는 의지나 드러내고자 하는 욕망 따위는 없다. 아무 목적도 정해진 행로도 없는 그녀의 춤은 조금 쓸쓸하고 허허롭다. 하지만 그녀의 의도가 배제된 춤은 가볍고 날렵하다. 그녀의 공기처럼 가벼운 스텝은 희고 검은 건반처럼 분할된 건널목의 공간들을 건너뛰기보다 순간순간 둥글게 껴안았다 풀어놓는다.

　검정 슈트를 입은 소년들
　엘피판을 들고 카펫 계단을 뛰어오르네
　반복되는 빗살무늬
　다시 반짝이네

　계단이 삐걱거리며 그림자를 다듬는 순간
　눈송이는 어디로 소년들을 데려갈까

　튜닝을 마친 손끝에서
　검정슈트를 입은 소년들

　후루룩 떨어지네

〈올드 팝〉 전문

'검정 슈트를 입은 소년들'은 올드 팝처럼 오래된 그녀의 젊은 기억이자 언어다. 그래서 소년들이 삐걱대는 계단(기억의 회로)을 오를 때마다 햇살을 받은 '빗살무늬'처럼 '다시' 반짝인다. 이 시는 검은 슈트를 입고 리버풀의 건널목을 건너는 비틀즈를 연상케 한다. 그러나 이 시는 〈옐로우 서브마린〉과 같이 함께 꿈꾸는 환상적인 세계도, 〈렛잇비〉와 같이 절망을 위무하는 지혜도 없다. 단지 완성도가 높은 짧고 리드미컬한 리듬 자체가 시를 이루고 있다. 검정 슈트를 입은 소년들은 튜닝을 마친 악기를 연주한다. 음악에 맞춰 그녀는 '지금 이곳'을 춤출 뿐이다. 노란 잠수함이 초록 바다를 건너 태양을 향해 항해하듯이 그녀의 춤은 멈추지 않는다. 물론 그녀의 춤은 그녀의 언어다. 그녀의 언어들은 어떤 종류의 생각이나 목표를 따라 가는 것이 아니라 그냥 '후루룩 떨어진다'. 그녀의 언어는 무거우면서도 가볍기 짝이 없는 일상의 중력 그 안팎을 그냥 흘러간다. 탄력이 넘치는 둥근 공인 그녀의 몸은 찌르고 밀쳐내는 대신 슬쩍 비껴가며 구부러진 곡면을 따라 흘러간다. 그녀의 '둥근' 춤은 무의식의 균형 위를 미끄러져 가며 언어로 발화된다. 막 씻어낸 양상추가 입 안에서 바스락 거리며 녹아내리듯 소년들은 '후루룩' 계단 너머로 사라진다. 사태의 연속 속에서 유일하고도 독특한 박자를 밟아가는 그녀의 스텝은 출구 없는 미로의 순간을 섬광처럼 가르며 중심이 없는 세계의 안개 속으로 녹아 든다. 한바탕의 춤사위가 흔적도 없이 사라진다. 이제 길 위엔 검정 슈트를 입은 소년도 계단도, 엘피판도 아무 것도 없다. 일회성의 반복불가능성이 본질인 춤과 노래는 그렇게 사라진다. "사라짐" 혹은 "죽음"은 최고의 환상으로 저 너머 어디에서 완성된다. 그녀가 춤을 추며 어깨 위로 흘러내리던 머리 칼도 슬쩍 드러나던 엷은 미소도 잠시 독자였던 자들의 시야와 오감 속에서 사라진다. 분명히 그녀가 볼 수 없는 '이곳'에 숨어 그녀가 춤추던 공간을 건너다보았는데 그녀는 보이지 않고 견고한 골목만 눈앞을 가로막는다. "헤어진 뒤에야 보이는 골목 〈봄비 유령〉"의 길바닥엔 누군가 다녀간 "짙은 냄새만" 남는다. 한 평생 익명의 춤꾼으로 살아온 여성의 춤사위를 소개하는 일은 즐겁기도 고통스럽기도 하다. 어느 쪽이든 무슨 상관이랴. 의미도 논리도 대상도 주체도 경계가 모호해진 고독한 과잉의 세계에서 인지 가능성은 이미 오염된 것일 수밖에 없는데. 켜켜이 쌓인 의미의 공동체 저 건너 어딘가로 사라진 것들은 그 '사라짐'으로 제 기억의 영역을 삼는다. 춤꾼의 맨 발바닥과 맞닿던 대지의 찰나는 확정 불가능한 리듬 속에서 점점 가까워졌다 멀어져 간다. 형상이 모호해진 짙은 안개 저 너머에서 멀어진 것들은 의식의 통로를 통해 일상의 한 겹 아래나 위 그 표피로 귀환해 잠복한다.

구겨진 넥타이들이
결백한 표정을 한 채
광장을 헤치며 걸어간다
  -중략-
이쪽과 저쪽
구겨 넣은 종소리가
양쪽으로 뾰족이 자란다
 불 대신 뿔로
어둠을 밝히는 광장
  -중략-
은밀히 끓는 단팥죽 냄새

〈크리스마스식탁〉 부분

수만 개의 촛불이 하나의 함성으로 일어서는 광장은 정치적이다. 다수성의 외침이 하나의 함성으로 압축되고 축적되는 기적을 통해 드라마틱한 전환이 일어났다. 정숙인은 이를 "불 대신 뿔로/ 어둠을 밝히는 광장"이라고 명명했다. 정치적 인과나 사건의 보고 없이 완료형의 기억을 진행형의 "지금"으로 소환한다. 이것은 그녀에겐 익숙한 놀이다. 일상의 무심한 바다로 떠내려가는 소중한 '기억'을 살아서 작동하는 현실(식탁—은밀히 끓는 단팥죽 냄새)에 재배치함으로서 그것들은 "지금 이곳"의 에너지가 된다. 그러나 시의 화자는 단팥죽이 끓는 냄새나 싱싱한 배추가 놓인 식탁을 문밖에서 들여다보고 있다. '불이 뿔' 그 자체인 광장의 놀이는 여전히 완료되지 않았음을 화자는 잊지 않는다. 화자가 서 있는 자리는 선거 때면 여전히 자신의 '손가락을 자르고 싶은 자'들이 '문밖'에서 서성이며 국외자 혹은 파수꾼으로 전락하는 자리다. 그녀에겐 완료형의 투표도 정치도 없다. 그것이 그녀가 도로에 불과한 투표장을 다시 찾는 이유인 것이다.

추운 등을 가진 물무늬들이
저기 철교 밑을 간다
남은 숨소리마저 손을 흔들며 따라간 뒤
녹슨 무릎 위를 스쳐가는
새들 커브가 날씬하다

〈혼자 노는 금요일〉 부분

정숙인은 혼자서 다수와 함께 '노는' 즐거움을 안다. 그녀는 그녀에게서 발화된 언어가 타자에게 이해되고 공유되기보다 그냥 살아있는 채로 감응하기를 원한다. 단지 소리이거나 개념 또는 파동일 뿐인 작은 언어의 덩어리로 어떻게 그 '생생한' 생명의 눈짓을 공유할 수 있을까. 정숙인은 이 불가능한 경이를 얻고자 특별한 시도나 모험을 기도하지 않는다. 아니 자신의 언어들이 어떻게 마술적인 '상태'로 전환되는지 그 자체를 모른다. 의도된 앎의 지우기가 아니기 때문에 그녀는 언어를 통해 열리고 닫히는 저 막막한 어둠을 두려워 할 줄 모른다. 질문도 없이 공유되는 상식과 무지의 황폐를 파괴하고자 하는 치열함도 없다. "올라 갈 때 안 보이던 것이/ 내려 올 때 보였다"는 고은 류의 통찰이나 깨달음도 없다. 고은은 히말라야를 다녀온 뒤 필자에게 "히말라야! 그건 그냥 무지의 승리야!"라고 외쳤다. 어떤 미학적 시도조차 가 닿지 않는 "지금 여기"의 생생함과 그 장엄한 감각에 둘러싸여 찰나 간에 그마저 넘어서 버리는 초월은 오직 '알 수 없음' 그 자체에 있음을 고은은 그렇게 이야기한 셈이다. 의도하지도 자각 되지도 않은 것들이 내게 와 닿을 때까지 그냥 자신을 내버려두기란 쉽지 않다. 블랑쇼의 말처럼 "쓰지 않고는 견딜 수 없는" 욕구가 솟구쳐 저절로 손이 굳을 때 비로소 쓴다고 말하는 것도 선험적인 '무지'와는 거리가 있다. 정숙인의 의도되지 않은 생생함과 내밀한 빠져나가기(초월성)가 특별하게 다가오는 것은 일상의 중력을 파괴하는 낯설고 새로운 모험보다 이를 아무 것도 아닌 것으로 끌어안아 버리는 가벼움과 맥락의 생략에 있다. 그녀는 끝과 시작에서 한발씩 더 나가버리는 무심한 한 걸음을 통해 새롭게 조율된 존재론적 풍경을 '지금 이곳'에 펼쳐 놓는다.

천둥이 산을 내려간다
빈 곳을 쫓아가는 메아리
아파트에서 뛰어내리는
둥근 바퀴들이
겁에 질린 허공을 달린다
빗방울이 유리를 지우고
벽에 기댄 액자가
키 큰 나무 아래로 떨어진다
뛰어내린 내 등 뒤에 남은
넌 누구?
애벌레가 손등을 기어오른다
숨 참기가 어려워
몸을 벗은 몸이 열린다
순간을 던지는 17층 밖
날 기다리지 마
뛰어내리는 둥근 메아리
사라진 뿌리 속에 발을 감춘 가지들
돌아갈 곳 없는 소리들이
누운 풀잎을 향해 일어선다

번개가 벗어 놓은 절벽이 지금
사라졌다

〈넌 누구?〉 전문

"번개가 벗어 놓은 절벽이 지금/ 사라졌다". 이 절박한 결구는 동사형 종결어미로 끝나는 단 한마디 '사라졌다' 뿐이다. 무엇이 왜 사라졌는지 소위 사실관계를 명확하게 밝혀주는 단서들은 모두 투명한 허공 뒤로 숨어버렸다. 신체와 존재의 최소한의 근거인 '지금'마저 사라졌다는 전언은 세계의 사라짐이자 세계의 부정이다. 절벽을 이루고 있는 17층 아파트는 번개가 치는 찰나에 빠르게 사라진 것이 아니라 한 어린 신체의 투신과 동시에 증발해 버렸다.

주어나 목적어를 이루는 매개체가 사라진 것이 아니라 어떤 세계 자체가 찰나의 순간에 깨끗이 무가 되어버렸다. "키 큰 나무 아래로/ 뛰어내린 내 등 뒤에 남은/ 넌 누구?" 신체와 세계를 잃은 소녀가 죽음 너머에서 이쪽을 향해 묻는다. 넌 누구냐고. 정숙인이 끄집어낸 질문은 날카로운 금속처럼 날아와 박힌다. 그녀는 대구의 한 아파트 17층에서 뛰어내린 여학생의 죽음을 재현하여 그 서사를 함께 공유하기보다 이 세계의 어처구니 없음과 그 무의미에 자신의 몸을 '감응'시키려 한다. 일체의 감상을 배제하느라 그녀가 견뎌낸 허무와 환멸과 무의미에 대한 보상은 메아리처럼 자신의 몸 안으로 번져가는 '둥근 가시'뿐이다. 그녀의 시에 자주 등장하는 '둥근'이란 수사는 이 시에서 보여주는 것처럼 '쓰는 자'의 '자기 견딤'이며 일상의 중력을 끌어안고 사건이나 사태 너머로 언어를 몰아가는 '자기 초월'의 한 방편이다. 시간, 공간, 서사, 오감, 언어는 물론 실시간 뒤엉키고 중첩되는 가상의 현실, 겹겹의 레이어에 짓눌려 가는 비트의 세계에서 정숙인의 '둥근' 메아리는 원본의 세계를 드러내고자 하는 아날로그 지우개다. 주체의 독트린을 지우는 그녀의 이 지우개는 마술처럼 독자를 자기도 모르게 그녀의 언어에 편승하게 한다. 마르케스는 마술적 리얼리즘에 대해 있는 그대로만 그리면 현실은 초현실이 된다고 말했다. 현실 혹은 세계의 탄생은 바이블의 첫 경구처럼 '있으라'하면 있는 것이다. 있음과 없음의 사이를 가로지르는 매 순간이 왜 태초이며 새로운 것인지를 정숙인은 끊임없이 일깨운다. 정숙인은 가만히 사물들과 현상을 들여다본다. 사물들은 숨쉬고 노래하고 춤춘다. 조용히 안개 속을 걷고 움직인다. 여기에 유행하는 것들의 휘발성이나 새로워지고자 하는 강박은 없다. 그녀만의 축제다. 그녀에게 일상의 사각 탁자나 접시, 구두는 동백꽃이나 벤치, 계단이나 엘피판, 소년이나 오리, 강이나 산 나무들과 다르지 않다. 사물이나 존재들은 공이나 공기, 돌과 같이 함께 노는 친구이거나 장난감이기도 하다. 시간이나 공간의 고유한 영역 역시 자주 뒤섞이고 분리되기도 한다. 당연히 윤곽이나 존재의 경계도 뭉개져 버릴 때가 많다. 그래서 그녀는 '둥근 메아리' '둥근 인도' '둥근 정오' '둥근 달걀' 같은 용언의 관형사형 어미를 자주 사용한다. 어휘가 비교적 완고한 명사형의 개념마저 그대로 인정하지 않으려 한다. 그녀에게 '둥근'이란 어휘는 기존의 의미를 넘어서기 위한 전략으로 차용되어 명사형 개념의 결정적 범주를 흐릿하게 만들곤 한다. '둥근 공'은 위도 아래도 좌우 앞뒤도 없는 기하학적 원형이다. 형상과 소리, 움직임과 정지 그 어느 쪽이든 이 '둥'이란 부사와 만나면 새로운 층위를 갖게 된다. 통통 뛰는 공의 탄력은 살아있는 혹은 살아있는 것으로 환원되는 존재의 '현존'을 끌어안는데 적절히 사용된다. 그녀의 인식에 결정된 사물이나 존재는 없다. 세계는 움직이는 즉 살아 작동하는 총체 그 자체이므로 언제나 경이롭다. 그녀에게 모든 존재들은 제 경계를 고집하지 않고 주고받으며 함께 논다. 이런 특성으로 인해 그녀의 세계는 딱딱하고 명료한 일상의 순간들을 오히려 '흐려져 다정한' 세계로 바꿔버린다. 방금 눈앞에서 벌어진 사건조차 법정에서 진실을 가려야 하는 세계의 사실적 기만을 그녀는 말없이 그러나 통렬하게 드러내길 주저하지 않는다. 평범해서 비범한 익명의 발화자가 세계의 파수꾼이 되는 비밀이 여기에 있다.

저자의 말

강에 저녁 빛이 강하다. 곧 노을이 오고 주위는 고요해 지리라. 나는 내 안팎을 감싸며 다가오는 박명의 모호함을 사랑한다. 이쪽도 저쪽도 아닌 시간 빛과 어둠이 부드럽게 엉겨 모든 경계가 애매해 지는 이런 순간 나는 나를 떠나간 눈빛들을 기억하려고 애를 쓴다. 하지만 아무리 되짚어 떠올리려 애써도 떠오르지 않는 기억이 있다. "생애 최초의 떨림"이 나를 관통하던 그 순간이 그렇다. 내가 간절히 원하는 그 순간은 영원히 되돌아오지 않을지 모른다. 나는 이 사라진 기억의 결핍이 불러오는 목마름에 언제나 뜨거워진다.

약력

충북 음성에서 태어나 여성지 기자를 하다 결혼해 전업주부로 살았다. 중앙대 문예창작 전문가 과정에서 습작을 시작했다. 2009년 시 전문지 《심상》 신인문학상에 〈안개〉외 5편이 당선되어 등단했다. 지금은 여의도 샛강 옆에서 살고 있다.